내일은 내일의 해가 뜨겠지만

오늘 밤은 어떡하나요

편집자 안내

이 책은 독립출판물로 먼저 태어나 많은 독자님의 사랑을 받았습니다. 여러 번의 계절을 돌아 더 큰 세상에서 더 많은 분들 마음에 닿으려 새 모습으로 옷을 갈아입었습니다.

내일의 해가 뜨기 전까지 오늘 밤은, 이 책이 여러분 곁에서 위로가 될 수 있길 바랍니다.

작가는 딸기를 좋아한다. 태몽도 딸기라나 뭐라나. 비싼 딸기를 못 사서 다라이에 담긴 딸기를 산다. 그러면서 그중 제일 크고 예쁜 딸기를 친구에게 주는 사람이다. 유난히 따뜻해서 파란 바다도 따뜻하게 데울 수 있는 사람.

　같이 살면서 지켜본 결과, 이 책에 나오는 모든 마음은 진심이다.

맞은편 방에 사는 동거인

내가 너 이럴 줄 알았다. 결국 글을 쓰며 사는구나. 근데 나 왜 이렇게 기쁘지? 네가 글을 써서 나는 너무 행복해. 이유는 모르겠어.

18년 친구(욕 아님)

작가가 준 슬픔은 책을 넘기며 나의 밤을 온기로 채웠다. 처음엔 반딧불이같이 작은 불빛에서, 손을 녹이는 손난로로, 또 몸 전체를 따뜻하게 덮는 모닥불 같은 온기로 전이되며. 솔직한 슬픔이 이토록 큰 위로를 건넬 수 있다는 것을, 당신도 꼭 느낄 수 있기를 바란다.

초판본을 여러 번 완독한 독자

작가가 겪었던 아픔을 솔직한 글로 풀어낸다. 꾸며 낸 문장이 아니라 더욱 마음에 박힌다. 내가 읽은 에세이 중 자기 표현이 가장 뛰어나다. 표현과 생각이 이렇게 입체적일 수 있나 놀랍다. 비슷한 슬픔을 지고 살아가는 사람은 공감과 위로를 얻을 수 있는 책이다. 글의 시퀀스를 따라 읽다 보면 상처가 치유될 것 같다.

최근 두 번 더 읽은 독자

당신과 같은 두통약을 먹는 사람.

1부 하찮은 밤에도 별은 뜨고 배도 고프고

2부 지갑에 비상약을 넣어두는 밤

3부 낡은 이불로 사랑을 덮는 밤

4부 잠들지 못한 당신 곁에

목욕탕 가고 싶을 때 보려고 쓴 글

1부

하찮은 밤에도 별은 뜨고 배도 고프고

세상에는 슬픔의 총량이 정해져 있다.

슬픔 보존의 법칙

퇴근길 버스. 저녁은 뭘 먹을까 고민하며 행복한 기분을 즐기는데, 앞에 앉은 사람이 연신 얼굴을 닦는다. 푸른색 소매는 남색으로 짙어져 간다. 다급한 움직임이 점점 잦아들더니 이내 엉엉 울기 시작했다. 놀란 마음에 시선을 고정했다가 서둘러 치운다.

몸보다 큰 슬픔이 덮치면 본능적으로 울게 된다. 감정을 토해내며 슬픔의 몸집을 작게 만든다. 토해내지 않으면 잡아먹힐 테니까. 슬픔은 눈물만 먹어도 살이 찌는 체질이거든.

세상에는 슬픔의 총량이 정해져 있다.
공평하게 하루가 주어져도, 누군가 웃으면 누군가 울게 된다. 오늘 내가 웃고 있다 해서 타인이 슬퍼할 때 힐끔거리지 않는다. 건네줄 휴지도, 용기도 없어서 무심한 척 시선을 거둔다.

기둥을 붙잡고 슬픔을 토하고 있는데, 애교 범벅된 통화 소리가 등을 두드려댔다. 다들 웃고 있는데 나만 볼품없이 울고 있는 하루가, 누구에게나 온다.

밤을 보내는 자세

    시선이 하늘을 향할 때가 있다. 아무도 내 이름을 부르지 않았지만, 문득 올려다보게 될 때가 있다.

    그럴 때는 한숨을 크게 쉰다.
어떤 마음을 내보내듯이, 깊게.

    지금 보고 있는 밤하늘은, 누군가 이미 지나온 밤이다. 그믐달이 유독 뿌옇게 번져있다. 지난밤, 누군가 올려 보낸 마음을 잔뜩 머금은 모양이다. 축축한 하늘을 눈동자에 퍼담는다. 별도 한두 개씩 딸려 왔는데, 어떤 별은 내 표정과 닮아있다. 지난밤, 누군가 나와 같은 슬픔으로 하늘을 올려다본 모양이다. 마음을 크게 내쉬면서, 오래오래.

종일 마음을 찌르던 불안함과
베개에 쏟아지는 못난 질문을
밤하늘에 쏟아낸다.

내 마음 하나쯤
새벽 내내 토해내도

밤은 넘치지 않는다.

19,870원

값이 싼 행복은 불안하지 않다.
동네 분식집 떡볶이는 맛있고 편하다. 생각나면 또 먹으면 되니까.

그 레스토랑 채끝 스테이크는, 맛있게 먹으면서도 궁상맞아졌다. 이번 주는 라면으로 버텨야지 생각했다. 음료 추가는 생각 못 해서 지출이 커졌거든.

마음에 계산기가 박혀 삶을 셈한다.

수입산 삼겹살이 세일하길래, 한 팩 집었다가 다시 놓았다. 백 원짜리 단위에도 행복이 흔들리던 때가 종종, 아니 자주 있었다.

하찮은 밤에도 별은 뜨고 배도 고프고

가심비 인간

큰맘 먹고 딸기를 사러 갔다.

비싸더라도 알이 크고 신선한 걸 사자고 다짐한다. 스티로폼 안에 누워 있는 고고한 딸기와 다라이에 가득 쌓여 있는 작은 딸기가 있다. 들었다 놨다 하다가, 결국 나라이를 안고 집으로 간다.

양이 많으면 딸기청 담그고 우유랑 갈아서 스무디도 해먹을 수 있잖아. 현실과 행복이 어느 정도 타협을 본다. 성인이 된 후에는, 행복도 예산에 맞춰서 누리곤 했다.

그래, 나는 투자 대비 효용 가치가 높은 마음을 가진 거야. 오천 원을 이만 원어치 행복으로 불릴 수 있는 나! 가심비 좋은 나!

어딘가 울고 있는 모양의 딸기도, 귀여운 그릇에 담으니 그럴싸했다. 오늘은 이 정도면 됐다.

버킷리스트

허리도 못 펼 만큼 몸이 아프지만, 라면을 끓인다. 반찬통을 뒤지다 손에 힘이 풀린다. 기어이 총각김치도 꺼낸다. 목이 아파서 윽, 윽 거리며 국물을 마신다. 세상이 추구하는 버킷리스트가 보기 좋은 뱃살 만들기, 없는 근육마저 없애기, 체지방 늘리기, 식후 30분 안에 디저트 섭취하기, 이런 거면 좋을 텐데. 내 인생은 도미노처럼 성공할 거다. 《먹으니까 청춘이다》, 《20대에 먹지 않으면 후회하는 100가지 음식》 등 자기계발서를 출판해서 대형 서점을 정복하겠지. 매년 이맘때쯤 올림픽 체조 경기장에서 북 콘서트를 13회 정도 했겠지. 면을 벌써 다 먹었네. 올해 고춧가루가 맵구나. 훌쩍

달력을 넘기며

그때 그러지 말걸, 후회하며 맴돌지 않기
그때 참 좋았는데, 매달리며 머물지 않기

안녕 해야 할 마음과 안전하게 안녕하기

결핍형 인간

결핍 : 있어야 할 것이 없어지거나 모자람.

있어야 하지만 나에게 없는 것
가족사진, 월세 걱정 없는 집, 쌍꺼풀.

가족, 돈, 외모는 인생에 많은 비중을 차지한다.
세 가지가 결핍된 내 인생은 무엇으로 채워져
있나 생각한다.

어릴 때 학교가 일찍 마치면 듬성듬성 비어있
는 시간이 많았다. 친구와 놀 수 있었지만, 소독
차를 따라가거나 위험하게 자전거 타는 건 싫었
다. 관계 유지를 위해 억지로 몇 번 나갈 뿐이었
다. 집에 와도 혼자여서 자물쇠 달린 다이어리에
혼자 묻고 답했다.

'학교 끝나면 5시, 오빠야 학원 끝나면 8시, 엄마가 집에 오면 9시, 아빠는 늦게 온다. 혼자 있다가 하루가 끝난다.'

외롭다는 단어를 알았다면
자물쇠를 더 단단히 잠가야 했겠지.

결핍형 주거생활

한두 살 먹으니 학교 마치면 하루 끝에 닿아 있었다. 그때는 주소상으로 집이 있었지만, 맘 편히 쉴 곳이 없었다. 집안에 도는 불편한 공기를 참을 수 없어서 밖을 맴돌았다.

의미 없는 산책을 오래 하다 보니, 동네에서 벚꽃이 제일 먼저 피는 나무를 만났다. 그 나무 아래에 서는 맘 편히 슬퍼했다. 산책이 아니라 무언가를 피해 왔을 때는, 나무 아래에서 겨우 숨을 고르기도 했다.

성인이 되고 자취를 시작했다. 매달 삼십삼만 원을 내야 했기에 마음에 새기고 다녔다. 어쩌다 귤이 먹고 싶으면 삼십삼만오천 원이 필요했다. 커피가 마시고 싶으면 삼십사만 원, 치킨이 먹고 싶으면 삼십오만 원. 동네를 돌아다니며 귤을 제일 저렴하게 파는 곳을 찾아냈다.

계절 별 식재료 단가 데이터가 쌓여갔다. 내 지갑에서 생활비가 나가니 마트와 시장의 가격 차이가 크게 와닿았다. 산책 겸 동네를 돌아다니며 가격표와 전단지를 구독했다.

누가 가르쳐 주지 않았지만
저렴하게 인생 사는 법을 배웠다.

하찮은 밤에도 별은 뜨고 배도 고프고

결핍형 사랑

 쌍꺼풀 수술을 하겠다고 하면 "왜? 난 네 눈이 좋아!"라고 말해주는 사람이 있다. 아이돌 그룹 무대를 보니, 쌍꺼풀 없는 멤버가 센터에 있다. 우리나라 가요계 앞날이 밝다.

 나의 결핍이 누군가에게는
 사랑을 시작하는 계기가 된다.

결핍형 인간은 언제나 앞서간다.

눈물 젖은 다이어리를 덮으면 내일이 온다는
걸 알고 있다. 말일에 월세를 내기 위해 한 달의
시작부터 일한다. 쌍꺼풀 없는 눈을 좋아하는 당
신을 만나려고 태어날 때부터 준비했다.

결핍형 인간은 계절 보다 서둘러
당신을 기다린다.

겨울을 통과한 당신에게
말린 벚꽃잎을 쥐여준다.

듬성듬성 비어있던 인생에는 이미
벚꽃이 만개했으니까.

자, 여기

내가 미리 와서 봤는데
다가오는 봄에는 우리가 자주 웃을 거야.

행복해지면
불안해하지 말고

맘껏 웃자. 그래도 돼.

보통 날의 전시회

　버스 타는 걸 좋아한다. 네모난 풍경이 나란히 있는 모습은 작은 전시회 같기도 하다. 작품 앞에 있는 사람들은 핸드폰만 보고 있다. 고개 들면 포토존이 있는데 말이다. 비행기를 타지 않아도 마음을 들뜨게 하는 작품과 만날 수 있다.

　오늘 작품은 늦지 않게 별을 맞이하는 하늘이다. 하늘은 별이 누울 자리에 짙은 남색 이부자리를 펴주고, 기울어지는 해를 다독인다.

　어떤 별은 잠들지 않고 당신을 빤히 쳐다본다.

　당신의 시선이 하늘을 향할 때
　단 1초도 외롭지 않도록.

#소통 #럽스타그램

당신이 찾고 있는 건 해시태그에 없다.

어떤 날은 네모난 버스 창가에 있다.
문득 올려다본 하늘에 있다.
블라인드로 가려진 노을에 있다.

오늘은 고개를 들고
오후 4시의 햇살을
가로등이 만든 귤빛 은하수를
훔쳐 가길 바란다.

침대 머리맡에 두고
새벽 내내 쓰다듬길 바란다.

별안간 행복해져도
불안해하지 않아도 된다.

그 중 무엇도 당신에게
이별을 고하지 않을 테니까.

마음껏 사랑해도
배신당하지 않는 사랑이 있다.

그 사랑은 당신과 마주치는 순간을
기다리고 있다.

당신이 찾는 사랑은

익숙한 보통 날에

매일 다른 모습으로 온다.

괜찮냐옹

　나는 사이렌 소리가 무섭다. 어떤 사건으로 인한 트라우마가 있다. 새벽에도 밝은 도시는 종일 누군가 다친다. 내가 지내던 곳은 유난히 사이렌 소리가 잦았다. 사이렌 소리가 들리면 손발이 차가워졌다. 손을 주무르며 불안이 잠잠해지길 기다렸다. 도시에서 사람들과 섞여 지내려면 이 문제를 해결해야 했다. 뼈가 부러지거나 피가 나는 상처였다면 해결책이 있었을 텐데. 계속 두려워할 수는 없어서 방법을 고심했다. 사이렌 소리에 대한 기억을 새로운 기억으로 덮어 보기. 내가 찾아낸 방법이다.

　사이렌 소리를 자세히 들어본다. 두려운 감정은 최대한 무시한다. 사이렌 소리는 고양이 울음소리와 닮아있다. 아주 큰 왕고양이가 앙탈 부리는 소리 같다. 왕고양이는 잠시 울더니 이내 잠잠해진다. 나에겐 아무 일도 일어나지 않는다.

내가 가진 두려움을 객관적으로 직면하는 훈련이다. 두려움이 입은 갑옷을 벗기고 무기도 빼앗는다. 두려움의 알몸은 생각보다 볼품없다.

두려움의 갑옷과 무기는 우리가 제공했다. 작고 초라한 걱정에게 제 몸십보다 큰 칼을 건네줬다. 우리가 먼저 건네줘 놓고선 '곧 피투성이가 될거야' 하며 두려워한다. 두려움으로 진화한 걱정은 신이 나서 핸드메이드 갑옷까지 착용한다. 갑옷에 붙어 있는 택에는 'made in 상상'이라고 표기되어 있다. 끝까지 찾아온 두려움 때문에 악몽을 꾼다면, 오늘 밤에는 꼭 그의 머리채를 잡고 알몸으로 만들어야 한다. 두려움이 더 나대지 않게 주기적으로 훈련해야 한다. 왕 고양이는 당신을 해칠 수 없다. 왕 귀여울 뿐이다.

땀 냄새는 무엇을 증명할 수 있을까

여름날, 중요한 미팅이 있었다. 돈을 주는 사람에게 '나한테 그만큼 줘도, 억울하지 않을 거예요' 하며 사근사근하게 어필하는 자리였다.

아르바이트를 마치고 바로 달려가야 했는데 퇴근하기가 눈치 보였다. 결국 차가 밀려 늦을 것 같다며, 잔뜩 엎드린 문장을 보낸다.

환승하고 길을 헤매는 동안 땀이 줄줄 났다. 일이 바빠 생리대를 자주 못 갈았더니 아랫도리도 불만을 표했다.

카페에 들러 커피를 시키고 화장실로 달려가 땀을 닦았다. 겨드랑이도 등도 배도 깨끗이 닦는다. 대화해야 하니 가글도 한다. 옷매무새를 다듬는다. 김칫국물이 튀진 않았는지 확인한다.

미팅 내내 총명한 눈빛을 보내며 고개를 890번
정도 끄덕였다. 입꼬리 근육을 푸쉬업 하다가, 볼
이 뻐근할 때쯤 미팅이 끝났다.

배가 고파 손이 살짝 떨리길래 편의점에 들렀
다. 초코바를 씹으며 하루 중 처음으로 천천히 걸
어본다. 선선한 바람 사이로 땀 냄새가 느껴진다.

구린 땀 냄새는 무엇을 증명할까?
내가 열심히 산다는 거?
쓸모 있는 사람이라는 거?

나의 쓸모를 증명하려고 살아가는 건지 의문
이 들었다. 외로운 질문을 머금은 채, 지하철을
탄다. 음악을 고를 의지가 없어서 이어폰만 꽂고
있다.

연락이라도 해볼까 싶어, 노란 창을 켰는데 다들 치열하게 살고 있다.

지하철 소리가 비명같다.

땀 냄새가 퍼지지 않게 최대한 몸을 웅크린다. 얼른 집에 가서 씻고 싶다.

하찮은 밤에도 별은 뜨고 배도 고프고

무인도에서 살아남는 법

 습관처럼 잔고를 확인했다. 50만 원 밑으로 내려가면 작은 불안이 번식했다. 나는 이 작은 원룸을 지키지 못할까 봐 노동을 멈출 수가 없다. 월세를 내기 시작한 후, 돈이 되는 일을 거절하기 어렵다.

 노동에 비해 적은 금액을 준다는데도
 돈을 만질 기회가 오면
 반사적으로 하겠다는 말이 나갔다.
 책임감은 돈에 비례해야 하는데,
 책임감만 과했다.

 적은 돈이라도 고정수익에 플러스알파가 생기면 마음이 편하다. 아픈 허리를 주무르며 일당을 확인한다. 갑자기 알바에 잘리더라도 한 달 월세는 낼 수 있으니 안심이다.

이렇게 살면 안 되는 건가, 싶다가도 사지가 멀쩡해 다행이라는 생각이 든다.

육체노동을 해서 먹고살 수 있으니까.
맨땅에서 누군가의 보호를 받지 않고
노동만으로 살아가는 일은 경건하다.
뻐근한 근육통은 내가 살아있음을 알려준다.

내 집이 아닌 내 집은 은신처처럼 평온하고 때론 무인도처럼 막막하다. 내가 안에서 문을 잠그면 누구도 들어올 수 없다.

만약 나에게 사고가 나서 응급실에 간다면? 달려 올 어른도 없다는 게 실감 났다. 마음이 시큰하다. 울지는 않는다. 청승 떨기엔 부족한 서사라는 걸 안다.

작은 방을 지키려 힘을 다하다 보면 작은 생채기에도 마음이 약해지는 날이 있다.

가정집에서 풍기는 생선구이 냄새에, 마음이 가라앉는다. 궁상떨지 말자고, 스스로 전한다. 우울함을 신발에 욱여넣고 장을 보러 간다.

과일 깎는 칼로 야채를 숭덩숭덩 썰어 넣고, 숟가락으로 대충 볶는다. 야채 볶음밥은 내가 나를 애틋하게 대하는 방법이다. 유통기한 임박한 4+4 요플레는 나에게 주는 상장이다.

나는 내가 애틋하다. 애쓰는 내가 따뜻하다.
집 앞 마트에서 꼬박 모은 적립금으로 우유 한 통을 샀을 때 나는 스스로가 꽤 마음에 들었다. 작은 행복을 차곡차곡 모아서 한 달 살기를 해낸다.

근육을 움직이며 에너지를 쓰고 노동을 하며 하루하루를 살아낸다. 정직한 근육통은 불안을 없애준다.

습관적 가난이 아직 몸에 배어있다.
유럽 한 달 살기 비용을 검색하며
이게 몇 달 치 월세야, 생각한다.
팔자가 진짜 꼬였나, 싶은
억울한 순간도 있지만.
나쁜 놈들이 더 잘 사는 것 같기도 하지만.
순수하게 노동하고 돈을 벌며 살아가는 내가
꽤 맘에 든다.

나는 가난이 준 열정을 받아들이기로 한다.
앞으로도 행복 적립에 열렬하게 임하겠다고 다짐한다. 작은 행복을 억지로라도 쌓아가다 보면 하얀 행운 한 통 크게 쏟아지겠지.

2부
지갑에 비상약을 넣어두는 밤

30분 동안 최선을 다해 나를 끌어안았다.

삶원색

어느 날 만화 영화를 보며
악마는 왜 죄다 검은색일까, 의문이 생겼다.

검은색이 더 세 보여서 그런가?
만화 영화와 서먹해진 나이가 된
어느 날 깨달았다.

삶은
빨간 상처와 노란 진물과 파란 약이 섞인
사악한 장난이라고.

누가 마구 휘저으면
검은색이 되는 거라고.
그래서 악마는 농도 짙은 검은색인 거라고.

삶에 얻어맞고 무너져 있던 어느 날 깨달았다.
나도 알고 싶지 않았다.

지갑에 비상약을 넣어두는 밤

어떤 상처는 마음에 고인다

중학교 때 심리상담을 받은 적 있다.

전문 상담사가 상담을 원하는 학생에게 1대1 면담을 해주는 프로그램이었다. 그 당시 나는 집안 문제로 극도로 힘든 상태였기에 주저 없이 지원했다.

친한 친구에게도 말하지 못했던 이야기를, 처음 본 어른한테 한다는 게 어려웠다. 상담사의 눈 대신 테이블에 진 얼룩을 쳐다보고 말했다. 겨우 말을 마친 뒤에야 눈을 마주쳤다. 상담사는 여러 이야기를 했는데, 기억에 남는 말은 하나였다.

"신을 믿지 않으면
너도 아빠와 똑같이 살게 될 거야."

나는 입술을 깨물고
상담이 끝날 때까지, 한마디도 하지 않았다.

멍은 입술에 생겼는데
죽은 피는 마음에 고였다.

마음 응급 처치

그 이후 침묵이 잦아졌다.

타인에게 상처를 내보이는 일을 그만뒀다. 다친 마음이 찌르르- 시그널을 보낼 때면, 시간에 던져버렸다. 시간과 함께 흘러갈 줄 알았는데, 고인 상처에 파리가 꼬였다.

내 입술을 깨무는 게 아니라 상담사 팔목을 물어뜯었어야 했다. 선생님께 저 상담사 사이비다, 나갈 때 소금 뿌리라고 말했어야 했다. 밤이 되면 울컥거리는 멍 자국을 품지 말아야 했다. 검푸른 마음은 내 몫이 아니었다.

생긴 지 얼마 안 된 멍은, 달걀을 문지르거나 찜질을 하면 없어진다. 피가 고이지 않고 흘러가도록 해줘야 한다. 입술을 깨물고 버티던 날, 달걀 한 알 크기의 위로만 있었어도 아픔은 자연스럽게 사라졌을 거다. 죽은 마음을 이렇게 오래 품고 살지는 않았을 거다.

　마음이 아프면 신속하게 대처해야 한다.
　시간에 맡겨 버리고 무심해지면 안 된다. 상처
받은 마음을 살살 만져 줘야 한다. 적당한 온도로
다독여 줘야 한다. 내 몫이 아닌 상처를 품에 안고
잠드는 밤은 없어야 한다.

비상 달걀

지금은 달걀 몇 알을 품고 다닌다.
나처럼 약한 사람은 많이 필요하다.

한 알은 상시 손에 쥐고, 마음을 자주 들여다본
다. 상처를 정확하게 만져줄 수 있는 방법을 훈련
한다. 나와 가장 가까이 있는 사람은 나니까, 상
처가 생겼을 때 신속하게 대처할 수 있도록 한다.

남은 달걀은 전부 던진다.
나에게 상처 준 타인을 향해 힘껏 던진다.

받은 게 있으면 돌려주어야지.
밀가루 같은 퍽퍽한 욕도 보탠다.
지옥에서 튀겨지기를 간절히 바라면서.

달걀 응용 기능사 기출 문제

정신과 의원 두 군데를 방문했다. 처음 갔던 병원은 동네에 있는 허름한 곳이었다. 예약도 받지 않았고 상담도 제대로 해주지 않았다. 급한 마음에 더 알아보지 않고 방문한 게 문제였다. 정신과에 대해 아는 게 없었다. 평생 갈 일 없을 거라 생각했고, 생긴다 해도 발걸음이 쉬이 향하는 곳은 아니니까.

타인에게 상처를 보이는 게 어색했다. 쏟아내듯 말하다 입술을 자꾸 깨물었다. 의사는 나에게 몇 가지 질문을 했지만 기억에 남는 질문은 하나다.

"뭘 그런 거로 그래요?"

다음 중 의사의 말에

나의 대답으로 적절한 것은? (중복 선택 가능)

1. 선생님 혹시 달걀 팩 해보셨나요?

2. 튀김가루는 어떤 브랜드를 선호하세요?

3. 밀가루는 국산으로 할까요?

4. 욕을 많이 먹으면 오래 산다던데

   몇 살까지 살고 싶으세요?

5. 야이 새██ █████ ███

정신과 상담을 받는 공주

   정신병은 엑스레이에 찍히지 않는다.
   오직 상담으로 병을 진단한다. 상처의 형태도 없고 근본적인 문제도 불분명하기 때문에, 타인에게 설명하기 어렵다.

   막상 설명해도 타인은 내 아픔에 공감하기 어렵다. 이 부분에서 문제가 생긴다. 공황장애나 과도한 불안함을 '엄살'로 치부해버리는 시선을 받게 된다.

   시선에 움츠러든 마음은
   원망할 대상을 찾는다.

   내가 약해서, 예민해서, 이상해서 그래. 괜찮은 척 하다보면 괜찮아질 거야. 시간이 해결해줄 거야. 상태는 순조롭게 악화된다.

지갑에 비상약을 넣어두는 밤

연극은 언젠가 끝난다. 괜찮은 척 아무리 명연기를 펼쳐도 막이 내리면 연극은 끝난다.

정신과 상담을 받는 공주가 해피엔딩을 맞으려면, 백마 탄 왕자따위 쓸모없다. 백색의 가운을 입은 선생님을 만나야 힌다. 치료는 시간에 맡기는 게 아니다. 알약에 맡겨야 한다. 시간은 변덕이 심하다. 문제를 해결해주는 듯 하다가도, 불쑥 과거를 데리고 와 순식간에 현재를 덮친다.

그럼 공주는 무엇을 해야 하냐고?
병원을 예약해야 한다.
정신과 상담은 예약이 필수거든.

꼭꼭 숨어라 머리카락 보이면
탈모라도 생기나요

정신과 약봉지에는
정신과 약이라고 적혀있지 않다.

내가 먹는 약은 약국에서 처방하지 않고 병원
에서 직접 받았다. 병원 데스크에는 진료 기록을
남기지 않고 결제하는 방법이 적혀있다. 보험 혜
택을 받지 않으면 기록이 남지 않는다. 비용이 배
로 들지만 선택하는 사람이 많다. 내가 말하지 않
으면 정신과 상담을 받는다는 걸 아무도 알 수 없
다.

무엇을 숨겨야 하고
무엇으로부터 숨어야 하는 걸까.

내가 환자라는 걸 인정하기. 이것만 해도 반은
성공이다. 담당 선생님은 잠재되어있던 내 상처

를 건져내셨다. 수면 위로 올라온 상처는 날 것 상
태로 파닥거렸다. 치료의 시작이었다.

　사람이 - 고통스러운 사건을 겪으면 - 다친다 -
당연히 아프다 - 병원에 간다 - 치료하면 낫는다.

　원인과 해결책이 명확하다. 정신과 치료도 사
람에 따라 다양한 해결책이 존재한다. 행복해지
기 위한 이상적이고 긍정적인 루트이다. 무엇도
숨겨선 안 된다. 숨어야 하는 이유도 없다.

로맨틱한 정신질환

　사랑은 하트 모양이 아니다.
　하트 모양은 심장을 본뜬 거다. 사랑은 형태가
없다. 사랑에 빠지게 되면 도파민이라는 호르몬
이 나온다. 호르몬 변화로 인해 느껴지는 감정을
사랑이라고 부른다. 그러니 사랑은, 가슴이 아니
라 뇌로 하는 것이다. 사람들은 형태 없는 사랑에
목숨도 걸고 재산도 건다.

　세로토닌이라는 호르몬은 우리를 행복하게 한
다. 세로토닌이 뇌로 전달되지 않으면 우울증에
걸린다. 항우울제는 세로토닌을 증가시켜 우울
증을 개선한다. 우울증은 뇌에 문제가 생긴 것이
다. 지어낸 병이 아니라, 질병이다. 뇌가 걸리는
감기다.

　상사병이라는 단어는 로맨틱하게 소비된다.
　같은 정신병이지만 숨기지 않고 드러낸다.

멜론에 '상사병'이라고 검색하면 56개의 노래가 나온다. 인스타그램에 상사병을 검색하면 1만 개가 넘는 해시태그가 뜬다.

내가 앓던 정신병의 이름은 어디에도 없다.

약봉지에도, 병원 문자에도, 진단서에도 없다. 대화할 때도 정신병이라고 말하지 않는다. 마음의 병이라고 한다. 이름을 부르지 않으니, 대답하지 않는다. 이름 부른다고 큰일 나는 거 아니다. 치료해야 하는 질병일 뿐이다. 어감이 좀, 로맨틱하지 않을 뿐이지.

바다 위에 하얀 집

병원은 바다 근처에 있었다.

작고 한적한 공간이었다. 편안한 연주곡이 틀어져 있었고 사람도 몇 명 없었다. 정수기 옆에 커피와 차 종류가 준비되어 있었다. 나는 목이 말라서 녹차티백을 미지근하게 우려 마셨다. 정수기 앞에서 실수하지 않도록 행동을 조심했다. 물을 쏟아서 허둥지둥하면 이상한 사람으로 볼 것 같았다.

정신과에 와서까지 이런 생각을 하는 게 웃겼다. 웃겼지만 웃지 않았다.

다른 병원과 비교했을 때 특별히 다른 건 없었다. 병원에 오는 환자들도 나와 비슷했다. 조용히 차례를 기다렸고 상담이 끝난 후, 약을 받아서 나갔다.

나와 또래로 보이는 환자가 상담실에서 나왔다. 밝은 미소에 시선이 갔다. 환자는 병원 데스크로 가더니, 이제 약은 필요 없다고 말했다. 데스크에 있던 간호사 선생님이 축하한다고 대답했다. 나도 마음속으로 박수와 응원을 보냈다. 따뜻한 바닷물이 마음에 번졌나. 상담이 끝나고 바다에 가는 날이면, 그 미소가 잔잔하게 일렁이곤 했다.

키가 큰 위로

병원에 다니는 동안 계절이 두 번 바뀌었다.

2주에 한 번 병원에 갔다. 병원에 가려면 가로
수길을 지나야 했는데, 나무들이 키가 컸다. 올려
다보면 꼭대기에 구름도 몇 점 걸려 있었다.

가로수 곁을 지날 때면 작은 안도감이 들었다.
녹음이 짙어지면서도 몸통의 결이 옅은 회갈색이
었다. 계절이 할퀸 흔적으로 낡은 촉감이 느껴졌
다. 강인해 보였다. 탄생을 가늠할 수 없는 생명
력이 느껴졌다.

가로수는 묵묵히 자리를 지켰다.
웃으며 지나갔다가 울면서 돌아오는 내게
풀냄새를 건넸다.

'언제까지 여기를 오가야 할까?'

지갑에 비상약을 넣어두는 밤

무거운 마음을 바닥에 흘리며 걷던 날도 있었
다. 그럴 때면 가로수는 낙엽을 내려주었다.

'너 이만큼이나 왔어.'
일러주듯이.
하늘하늘.

멋진 곳에 가는 길은 아니었지만, 살고자 하는
마음이 빛나던 길이었다.

꼴찌의 시선

처음 병원에 가던 날은 가로수가 보이지 않았다. 사실 아무것도 안 보였다. 몸이 긴장해서 어깨가 뻐근했다. 나는 몸에 열이 많은 편인데, 병원으로 향하는 내내 손이 차가웠다.

병원은 건물 4층이었다. 엘리베이터를 타고 올라가려는데, 누군가 급하게 들어왔다. 4층 버튼 옆에는 병원 이름이 있었다. 나는 머뭇거렸다. 버튼을 누르면 내가 정신과에 간다는 걸 알게 될 텐데, 이상한 사람이라고 생각하면 어쩌지?

내가 견뎌야 할 첫 번째 순간이, 급하게 발을 들이밀었다. 당연한 듯 걸려 넘어진다. 나는 늘 한 발 늦다. 무릎이 까지고 마음에 흉터가 남았다. 병원에 다니는 동안 이런 순간은 일상이 되었다. 다치고 부끄러운 일은 여전히 내 역할이었다.

나처럼 작고 느린 사람에게

행복은 자주 멀어진다.

뒷모습을 바라보는 일은 꼴찌에게 익숙하다.

휴지로 만든 거울

상담실 책상에는 늘 휴지가 있었다. 친구가 나에게 이 병원을 소개해 주면서, 책상에 있는 휴지를 다 쓰게 될 거라고 했었다. 그때는 웃어넘겼는데, 처음 상담하던 날 50분 동안 내리 울었다. 다음 상담 날짜에는 휴지를 사와야겠다고 생각했다.

내 담당 선생님은 대답보다 질문을 많이 하셨다. 첫 질문은 늘 "그동안 잘 지냈어요?"였다.

기억에 남는 질문은 "왜 그걸 본인이 감당해야 한다고 생각해요?"였다.

스스로에 대해 잘 안다고 생각했다.
상담을 받을 때면, 내가 타인처럼 느껴졌다.
질문을 받고 바로 대답한 적이 드물었다.

평생 '나'로 살았지만

정면으로 '나'를 마주 보는 건 처음이었다.

자기 전 30분

내가 알던 약은 대부분 식전, 식후에 먹었었다.

정신과에서 처방받은 약은, 잠들기 30분 전에 먹어야 했다. 약은 내가 악몽을 꾸지 않도록 도와 줬다. 30분만 버티면 평온해질 수 있었다.

러닝 타임은 30분.

30분 동안 날카로운 기억이 온 마음을 찔렀다. 눈을 감아도 선명한 아픔을 제대로 마주 보아야 했다. 매일 30분 동안, 나를 아프게 하는 사람과 한순간도 잊어 본 적 없는 끔찍한 장면, 흘러가지 않고 마음에 박힌 폭언, 스스로에게 쏟아 내는 못난 질문을 견뎌냈다. 결말이 없는 영화가 매일 밤 재생됐다.

30분 동안 최선을 다해, 괴로워하기로 했다.

지갑에 비상약을 넣어두는 밤

끔찍한 장면을 제대로 마주보기 시작했다. 그 안에 있었던 내게 끊임없이 위로를 보냈다. 나를 아프게 하는 사람과 이별했다. 주저 없이 손을 놓았다. 나에게 상처 주는 모든 존재에게 헤어지자고 말했다. 가족도, 사랑도, 과거의 나에게도 이별을 고했다.

쏟아지는 못난 질문에 대답하기 시작했다. 행복해지고 싶어서 그랬다고 답했다. 내 모든 행동은 정답이었다. 결말 따위 상관없었다. 이 영화의 주인공은 나였다. 슬픈 결말은 있어도, 주인공이 바뀌는 영화는 존재하지 않는다.

눈뜨기 전 30분

　30분 동안 최선을 다해 나를 끌어안았다.
　살아야 했다. 내가 원해서 태어난 건 아니었지
만, 살아가는 건 내 선택이었다. 내가 선택한 방
향으로 가고자 했다. 내가 사랑하는 풍경을 보며
걷기로 했다. 높은 곳을 우러러보지 않고 발밑에
있는 민들레를 발견하기로 했다.

　발목을 붙잡는 생각은 철저하게 무시했다.
　오로지 내 마음의 소리에만 귀를 기울였다.

　'안녕하세요?'
　우리는 타인에게 습관처럼 안부를 묻는다.
　정작 스스로에게는 안부를 묻지 않는다.

　모두가 잠든 새벽, 들려오는 소리가 있다. 우리
는 단순히 '잡생각'이라 말하며 무시한다. 쏟아지
는 생각에 뒤척이는 시간은, 하루 중 처음으로 스

스로와 마주 보는 순간이다. 최대한 가까이 가서
얼굴을 쓰다듬어야 한다. 어색하기도 하고, 눈언
저리가 시큰거리겠지만.

오늘 밤을 견디기 위해서
하루를 건너낸 나를 위해서
일그러진 마음을 자꾸만 만져주어야 한다.

지갑이 닳도록

    지갑에 비상약을 넣어 다녔다.
    알약 2개가 들어있는 약봉지를 카드 넣는 부분에 깊숙이 넣어두었다. 갑자기 불안이 덮쳐서, 도저히 견딜 수 없을 때 먹으려고 했다.

    마음을 다치니까 세상에 뾰족한 것이 많아 보였다. 버스 안에서 문득 날카로운 기억이 튀어 오르면, 지갑을 만지작거렸다. 눈을 감고 숨을 길게 내뱉었다. 약봉지는 다 해져서 만져도 소리가 나지 않았다.

    '조금만 참아보자. 더 힘든 순간이 올 거야.
    그때 먹자. 지금은 견딜 만해.'

    나에게 비상약은
    지지 않으려는 최후의 용기였고

'약이 있으니까 괜찮아. 먹으면 금방 괜찮아질 거야. 억지로 견디지 않아도 돼.'

다치지 않으려는 최선의 위로였다.

그 해 나의 소원

로또는 사본 적도 없어요.

이동욱 같은 남자가 와도 지금은 사랑할 자신이 없어요. 작은 인생에는 대박도 쪽박도 필요 없어요. 중박 정도만 부탁드려요. 행운도 필요 없으니까, 제발 아무 일도 일어나지 않게 해주세요. 어떠한 감정도 느끼고 싶지 않아요. 너무 행복하면 불안해요. 곧 불행할 차례인 거잖아요. 평온해지고 싶어요. 스벅에서 공황장애 겪지 않게 해주세요. 저 거기 마카롱 좋아하거든요.

아무렇지 않게 앉아있고 싶어요. 커피 마시면서 핸드폰 만지고… 그러고 싶어요. 그게 다예요.

아무 일도 일어나지 않게 해주세요.

지갑에 비상약을 넣어두는 밤

#정신과의원 #후기 #소통

정신과 상담 이야기를 최대한 다양한 사람에게 들려주고 싶다. 커피를 마시면서 편하게 이야기해주고 싶다. 나와 긴밀한 관계가 아니어도, 내가 정신과 상담을 받았다는 사실을 가볍게 이야기하곤 했다.

행복하고 싶은 사람이라면 누구나 상담이 필요한 순간이 있다. 그때 참지 말고 상담받길 바란다. 우리는 상처를 안고 태어나지 않았다. 상처는 살면서 받게 되는 거다. 내가 정신과 상담을 받을 때, 내 상황은 나쁠 게 없었다. 남자친구도, 가족도, 친구도, 집도, 직업도 있었다. 남들이 말하는 괜찮은 인생을 살고 있어도, 마음이 상처받으면 당연히 아픈 거다.

정신과 상담을 받는 일을 이상하게 생각하지 말았으면 한다. 상담이 필요할 만큼 아픈 사람이,

더는 상처받지 않길 바란다. 스스로 상담이 필요하다고 생각해도 주변에 터놓지 못한다. 아픈 숨을 내쉬며 초록 창에 검색할 뿐이다.

 행복해지고 싶어서, 잃어버린 일상을 찾고 싶어서 병원을 찾는다. 수많은 갈등과 무거운 마음을 발목에 주렁주렁 달고 병원 앞을 서성인다. 이해 없는 타인의 시선을 견디고, 엘리베이터를 타지 못하고, 이상한 사람으로 보일까 봐 행동을 단정히 한다. 휴지 한 통을 다 적시는 간절함을, 수군대지 말아줬으면 한다.

 그 휴지는 언젠가 당신에게도 필요할 테니까.

지갑에 비상약을 넣어두는 밤

3부
낡은 이불로 사랑을 덮는 밤

사랑은 나를 사랑하지 않는다.

나는 사랑을 사랑했지만

    대단했던 연애의 마지막은 프로필 사진 바꾸기였다. 마지막 장면은 오래된 양념 자국처럼 자주 거슬렸다. 눈이 마카롱이 될 때까지 울다가도, 자고 일어나면 그냥 배가 고팠다.

    짝사랑도 여러 번 했다. 주인공 없는 소설을 썼다. 소설에는 위기, 절정, 결말이 있어야 한다. 내 짝사랑은 위기도 없이 절정만 있었다. 해피엔딩을 위해 최선을 다했다.

    반전은 없었다.

    사랑은 나를 사랑하지 않는다.

마법은 호그와트에

마법 같은 일은 일어나지 않는다.

7살 때 유치원 선생님이 산타로 분장하는 걸 목격했다. 나는 실망하지 않았다. 산타가 바빠서 선생님이 대신 선물을 준다고 생각했다. 여기는 촌이니까 산타는 지금쯤 미국에 있을 거라고 판단했다. 그렇게 지켜왔던 낭만은 어디로 간 걸까? 미국으로 갔을까? 이 나이에 양말을 머리맡에 두면, 빨래통에 넣으라는 잔소리만 들을 테지.

크리스마스를 기대하지 않는 훈련을 25년간 진행했고, 24번 실패했다. 촌스러운 나는 캐롤만 들어도 마음이 간지럽다. 마법 같은 사랑이라도 찾아오면 어떡하지? 어제 갔던 카페 알바생이랑 눈이 자꾸 마주치긴 했는데.

이름 모를 사람과 사랑하는 상상에 빠진다.

마음이 크게 부풀다가, 어떤 기억이 스치면서
터져버린다. 날카로운 잔상이 흩날린다.

지난 사랑의 기억은
1년 치 계절이 덮여도 여전히 뾰족하다.

내 작은 마음에 자신의 이름을

푹
푹

그어 넣고 떠난 사람＿＿＿＿＿＿＿＿＿＿＿＿＿＿＿＿＿＿＿＿＿＿＿＿＿

낡은 이불로 사랑을 덮는 밤

손가락으로 이름을 따라 걷지만
시간이 쌓여 마침표는 흐려지고
어디로 떠났는지 알 수 없다.

못난 글씨는 여전히 따끔거린다.

미국에 계신 산타 할아버지께

남모를 선행도 안 했고 가끔 울기도 했다.
착한 사람 아니어도 선물은 받고 싶다.
나만 그런 거 아니잖아.

산타 할아버지, '격려상'은 없나요?

제 사랑이 격려가 필요한 상태라서요.

낡은 이불로 사랑을 덮는 밤

그 날은 꿈을 꿨다

안녕하세요. 쿠팡… 아니 산타맨이시죠?

제가 격려상을 주문했는데, 배송지연이 떠서요. 참가상으로 교환하려고요. 네? 솔드아웃이라고요? 아니 사람들이 밥 먹고 사랑만 한다던가요? 그러면 물량을 넉넉하게 준비하셨어야죠. 근데 왜 울면 안 돼요? 한강이라도 넘칠까 봐요? 힘든 거 참다가 원형탈모 생기면 어성초 샴푸라도 보내주시나요? 한국 사람이 어떻게 1년 동안 한 번도 안 우냐고요! 아니 잠깐만요, 선생님, 산타 선생님!

뚜뚜뚜…

나만 안 되는 사랑

왜

나만 이래

나만 치열해

왜 나 빼고 다 태연해

나만 싸우고 나만 다치는

적군도 아군도 없는 전쟁에서

너는 나와 싸우지도 않고 나를 죽여

네가 뭔데

내 사랑을 받고 태연해

사랑이 뭔데 내가 우는 얼굴에 태연해

짝없는 사랑

북 치고 장구 치고 꽹과리 치고
마음까지 다쳤는데

음악은커녕
아무 소리도 나지 않는다.

내가 기다리는 게 봄이라면
분명 돌아온다는 기약이 있을 텐데

매화를 보며 벚꽃이라 부르고
산수유를 보며 개나리라 부르고
바람에 봄 냄새가 난다며 설레발을 치고
남은 겨울을 기쁘게 견딜 수 있을 텐데

내가 기다리는 게 당신이라서
나는 어느 계절에도 존재하지 않는다.

아름다운 사람은
머문 자리도 아름답습니다

　나는 그 말이 아프다.
　머문 자리까지 아름다운 건 잔인하다.

　남겨진 사람은 지나간 사랑의 발자국을 끌어안고 산다. 혼자 걸어도, 서러운 발소리가 따라온다. 집으로 도망쳐도, 이불 안에 그 사람의 숨 냄새가 배어있다. 돌려주지 못한 잠옷에는 낡은 냄새가 난다. 그 사람이 오는 날이면, 온갖 달콤한 향기를 뿌려서 가지런히 개어 놓곤 했다. 좁고 삐걱거리는 침대에서 달콤한 안식을 누리던 우리. 삐걱거려도 부서지진 않을 거야, 하며 오만했던 우리. 낡아버린 게 꼭, 그 사람 마음 같아서 코를 박고 미친 듯이 울어댄다.

낡은 이불로 사랑을 덮는 밤

먼저 떠날 거면 발자국을 남기지 말았어야지.
내 방에 있는 잠옷도, 양말도 다 챙겨갔어야지.
인형도 주지 말았어야지. 눈코입 달린 건 정이
들어서 버리기도 힘든데.

내 마음은 내 방만큼이나 좁다.
누군가 떠나면 내 시야는
뒷모습으로 가득 찬다.
남겨진 사랑을 버리지도 못하고
가지지도 못한 채 산다.

사랑이 머문 자리

밤에도 환한 봄날, 비가 내린다.
꽃잎은 사랑받은 기억을 붙잡고
이리저리 흩날리다 푹, 젖는다.

분홍빛 시야가 걷히고
언제 사랑했냐는 듯, 죽은 낯빛으로
아스팔트 도로 구석에 대충 치워진다.

예쁘다고 잔뜩 찍던 이들의
성가시다는 눈빛에 얼어버린다.
무심한 발자국만 내리 찍히고
봄날은 찬찬히 부서져 간다.

아름다운 사람은
머문 자리도 아름다워서
나는 네가 머물렀던 자리를 서성인다.

발자국은 계절 내내 쌓이고
나는 겨울이 지나도
성숙한 태도로 이별하지 못해서
떠난 네가 매일 아파하길 바라서

사랑이 머물렀던 자리가
죽은 낯빛으로 부서져 간다.

가난한 사랑

누군가에게 특별한 사람이 되고 싶다.
다만, 특별함에 따르는 책임은 질 수 없다.
마음이 깊어지면 바로 떠날 수 있게
늘 떠날 채비를 한다. 나는 겁쟁이니까.

나만 담겨 있는 눈동자를 마주할 수 없다.
내가 겁쟁이라는 걸 들킬 테니까.
마주할 용기도 없으면서
맹목적인 애정을 바란다.

함께 추락할 용기도 없으면서
무너지는 얼굴로 손을 내민다.

사랑이 나를 사랑하지 않는 이유를
사실 나는 알고 있다.

낡은 이불로 사랑을 덮는 밤

사랑의 온도

할아버지가 돌아가셨다. 마음의 준비를 하고
지냈지만, 준비되는 일이 아님을 알고 있었다. 병
원에 어떻게 갔는지는 기억나지 않는다. 유일하
게 선명한 기억은, 할아버지의 체온이었다. 할머
니는 나에게 할아버지 아직 따뜻하니까, 손을 잡
아 보라고 하셨다. 나는 주저 없이 덥석 잡았다.
그때를 떠올리면 손에서 할아버지의 체온이 그대
로 느껴진다. 따뜻한 마음이 손에서 욱신거린다.

뜨겁지도 차갑지도 않은 체온. 손을 잡으면 그
대로 스며드는 사랑의 온도. 할아버지는 마지막
까지 나에게, 사랑하는 법을 알려주셨다.

할아버지는 무슨 일이든 하지 말라고 하는 법
이 없으셨다. 내가 다치지만 않는다면 말이다. 다
슬기를 잡아 와서 마당에 수족관을 열어도, 쓰레
기를 잔뜩 주워서 궁전을 지어도 혼내지 않으셨

다. 내가 만화를 보러 들어가면, 묵묵히 치워주실 뿐이었다.

　내가 원하는 일이면 꼭 들어주셨다. 할아버지는 커피믹스를 매일 드셨는데, 어린 나는 그게 먹고 싶었다. 달라고 조르면, 내가 아프지 않을 만큼만 주셨다. 그 한 모금은 나에게 진한 행복이었다. 떠올리면 여전히 달콤한 사랑의 기억이다. 상처 없이, 온전한 사랑을 주는 법을 배웠다.

사랑의 도피

할아버지는 아직도 나를 사랑하실까?

나는 현재 할아버지의 가족과 연락하지 않는다.

할아버지와 내가 태어난 고향에 가지 않는다.

제사에도 참여하지 않는다.

나는 나에게 상처를 준 가족들과 헤어졌다. 아픈 기억이 가득한 고향에서 완전히 도망쳤다. 넘어지고 또 넘어지면서, 최선을 다해 멀어졌다. 할아버지와 가족들이 나를 원망해도, 내 선택은 달라지지 않는다.

나는 살아야 했다. 행복해야 했다.

가족은 내가 선택한 관계가 아니었다. 태어날 때부터 정해진 관계였다. 상처받을 만큼 받았고 충분히 최선을 다했다. 더는 다치지 않으려고 도망친 거였다. 할아버지가 도망치는 나를 보았다

면, 그러지 말라고 하셨을까? 결국 도망쳐버린 나
를 미워하실까?

　할아버지가 꿈에 나오는 날이면
　한참 운 것 같은 목소리가 되었다.

할아버지께

할아버지

어딘가에서 지켜보고 계신 거죠?

할아버지가 가르쳐주신 사랑의 온도를 기억해요. 사랑을 대하는 태도와 사랑하는 방법도 기억해요. 할아버지도 가족들도 나를 미워하겠지만, 제 선택은 변하지 않아요. 세가 다지지만 않으면 괜찮다고 하셨으니까. 저는 그 사랑만 믿을래요. 손자 손녀 중에 저를 제일 예뻐하셨잖아요.

할아버지

제가 뒷산에서 길 잃었을 때, 찾느라 고생하셨잖아요. 할아버지가 별이 되었다 해도, 꽃이 되었다고 해도, 제가 꼭 찾을게요. 언젠가 할아버지 옆으로 가는 날, 명태전이랑 목캔디랑 커피믹스 잔뜩 들고 갈게요.

저를 지켜봐 주세요. 기어코 행복해질게요.

무심코 던진 숟가락에 맞아 죽을 확률

유년 시절 살던 집에는 4명이 살았다.
밥을 따로 먹었다.
어쩌다 식사 시간이 겹쳐도
3명 이상 식탁에 앉지 않았다.
모두 앉는 순간, 숟가락이 날아다녔다.
폭언이 사방으로 튀면 누군가는 꼭 울게 됐다.
누군가는 자주 나였다.
누가 또 울었는지는 모른다.

'그래도 가족인데' 라는 말이
날아오는 숟가락 같다.
둥글고 만만한 쇳덩어리가
겨우 잡은 마음을 끊어낸다.

그 숟가락은
티비를 보다가 툭, 날아오고
친구랑 대화하다가 툭, 날아왔다.
처음엔 밥맛 떨어지는 정도였는데
이젠 맞아 죽을 수도 있겠네 싶다.

바른 젓가락질 대회 수상경력이 있는 나.

허리 꼿꼿이 펴고
원하는 행복만 쏙쏙 건져가야지.

숟가락으로 국물이나 퍼먹을 때
고기반찬 다 휩쓸어야지.
단백질과 지방과 사랑이 가득한 인생을
살아야지.

은영이 예쁜 코는 매우 반짝이는 코-

내가 사랑하는 은영이는 15년 동안 편의점에서 일했다. 7년은 아르바이트였고 8년은 사장이었다. 편의점은 사방이 냉장고여서 여름에도 춥다. 은영이는 15년간 시린 전자파 공기를 마셨다. 그때 코가 얼어서 지금까지도 빨갛다. 은영이는 집이 싫어서 도망치듯 결혼했다. 젊은 나이에 애가 둘이었다. 꽤 예쁘고 경제력도 문제없던 은영이. 딸이 중학교 2학년이 되던 해, 순식간에 빚쟁이가 됐다. 남편이 보증을 잘못 섰단다. 진부한 이야기지만 지겨운 아픔은 없었다. 아픔은 매일 새로운 생채기를 만들었다. 생계가 막힌 걸 실감했던 날, 은영이는 내 앞에서 처음으로 울었다. 5분 정도 엉엉 울더니 그만 울고 밥을 먹자고 했다. 은영은 노란 카레를 국그릇에 담아서 우걱우걱 퍼먹었다. 카레가 맛있다며, 먹고 힘내서 살겠다 했다. 나는 응원을 해야 할지, 더 울어버리라고 해야 할지 몰라서, 밥그릇만 뒤적거렸다.

은영이는 구인 공고를 속독했다. 집 근처 피자집에서 아르바이트를 했다. 어땠냐고 물었더니, 사장님 몰래 토핑을 잔뜩 올렸다며 웃었다. 마음이 잔잔해졌다. 남편이 피자집에 전화해서 행패를 부렸고 은영이는 5일 만에 잘렸다. 은영이는 슬픔에 5분 이상 내어주지 않았다. 곧바로 편의점 알바를 시작했다. 은영이는 강한 사람이구나, 확신했다.

　　내 확신이 은영이를 외롭게 했다는 걸 알았을 땐 은영이가 결혼했던 나이였다.

　　그때 나에게 커다란 불행이 닥쳤다. 식욕도 수면욕도 사라져버린 상태가 되었다. 침대에 누우면 쏟아지는 불안감이 버거웠다. 현관문과 침실 사이의 거리가 너무 길게 느껴졌다. 현관에 쓰러져 기절하고 싶었지만, 해야 할 일이 많았다.

삶은 누구도 배려하지 않고 지나가니까.

　너덜거리는 걸음으로 집으로 가던 길. 노란 가
로등을 보니 은영이가 떠올랐다. 사모님 소리를
듣던 은영이. 피자집에 일한다는 소문이 퍼져 사
람들이 수군거리는데도 시간 맞춰 출근하던 은영
이. 남편에게 계속 전화가 와도 묵묵히 토핑을 올
리던 은영이. 은영이는 강하지 않았다. 무너져 있
을 시간이 없었던 거다. 동정하는 시선보다, 빚
이 더 무서워서. 아직 어린 자식들의 뽀얀 피부
가 막막해서. 빚은 시간이 지나면 이자가 쌓이지
만, 슬픔에게 시간을 쓰면 최저시급도 쳐주지 않
으니까. 그때 은영이와 나에겐 슬픔에 내어 줄 시
간이 없었다.

가끔 삶이 너무 사악하다는 생각에 발걸음이 무거워진다. 노란 가로등에 쉼 없이 몸을 부딪치는 하루살이를 본다. 노란빛 카레와 누런 가난과 5분 만에 낡아버린 은영의 눈빛이, 여름밤에도 나를 떨게 한다.

사랑의 형태

다시 태어난다면 꽃다발이 되어야지.
계절을 견디고 피어나서 제일 어여쁜 날
한 사람을 위한 마음으로 엮이겠지.

한순간 사랑받고
그 시선 속에 서둘러 죽는 것.
끝을 알면서도 순간을 선물하는 마음.

그건 사랑이겠지?
그건 사랑뿐이지.

무상 수리는 어렵습니다

　은영이는 10년이 넘은 집을 고치기 시작했다. 어디가 고장 나도 그러려니 살던 집이었다. 거실 전등은 몇 년째 고치지 않았다. 그 집 구성원들은 집 안에서 큰 행동을 하지 않았다. 말소리도 들리지 않았다. 각자 어둠에 적응하며 익숙한 우울 속에 살았다. 은영이는 이대로 살 수 없다며, 촌스러운 바둑판 시트지를 잔뜩 사 왔다. 숭덩숭덩 잘라서 남편이 박살 낸 창문에 붙였다. 하도 쾅쾅 닫아서 찢어진 문에, 끈적한 부엌 벽면에, 전등 스위치에 전부 붙였다. 혼인 관계 증명서를 고치기엔 세월이 응원하지 않았다. 세월이 남은 체력을 연소시키기 전에 집을 고치기 시작했다. 은영은 상처가 남긴 오래된 자국을 꼼꼼히 덮었다. 거실에는 카페에서 쓸법한 조명을 달았는데, 생기 넘치는 전구가 이질적이었다. 변화하려는 은영의 모습이 좋아 보였다. 이혼하라고 말할 수 없었다. 다 좋아질 거라 믿고 싶었다.

은영이가 덮은 상처 위로, 새로운 폭력이 생겼다. 시트지 위에 새로운 상처 자국이 생겨났다. 고쳐야 할 상처가 겁이 나서 자국만 덮었기 때문이었다. 집이 밝아졌다며, 자랑하던 들뜬 목소리가 시트지 밑으로 숨었다. 시트지 아래 숨죽이고 있던 상처가 한꺼번에 은영을 덮쳤다. 은영이는 그 집에서 도망쳤다. 잠시 숨을 고른 은영이는 결국 상처의 원인과 싸우기 시작했다. 고장 난 삶을 제대로 고치기 시작했다. 그 과정에는 비명소리가 들렸다. 익숙한 어둠이 은영이를 위협했다. 은영이가 지켜낸 집의 모든 존재가 포기하라며, 구슬렸다. 은영이는 꾸준히 싸웠다. 보이지 않는 미래를 위해, 지켜온 세월을 직접 버렸다. 그 단호한 눈빛에 오래된 어둠은 항복했다. 은영이의 새 집은 예전 집보다 작지만, 햇빛이 오래 들어온다. 엘디이 전등이 하나밖에 없는데 집은 밝다. 은영이는 남은 바둑판 시트지를 버렸다. 좋아하는 꽃

무늬 이불을 샀다. 집 구성원이 줄었지만, 대화가 끊이질 않았다. 은영이는 매일 작은 인생을 쓸고 닦으며 산다.

은영이의 이불에 얼굴을 박고 다짐한다. 은영이에게 새로운 상처가 생기면, 같이 싸워야지. 절대 덮으라고 하지 말아야지. 싸워서 제대로 이겨야지. 촌스러운 시트지를 다시 사 오면, 명품 셔츠에 붙어버려야지.

4부

잠들지 못한 당신 곁에

저도 깨어있어요.

닿을 수 있다면

서점에 가면 마음이 요란하다. 요즘 책은 디자인, 재질, 제목마저 감각적이다. 읽지 않아도 갖고 싶을 만큼 예쁘다. 출간을 준비하기 전에는 손가락에 피가 통하지 않을 만큼 책을 샀다. 지금은 마음만 무거워져 돌아온다. 반짝거리는 책을 눈길로 쓰다듬는다. 베스트셀러는 많은 사람의 품에 안겨 있다. 사랑받는 책은 외로울 틈이 없구나.

내 책이 당신의 손에 닿을 수 있을까?

내 책을 만드는 게 종이 낭비는 아닐까? 나무를 훼손할 만큼 가치 있는 글일까? 인증샷 남길 만한 예쁜 글귀도 표지도 아닌데, 아무도 읽어주지 않으면 어쩌나. 품에 안겨 사랑받지 못하고, 구석에서 내내 손길만 기다리다 낡으면 어쩌지? 빛바랜 표지를 쓰다듬으며 울지 않을 자신이 없다.

내 어설픈 외로움이

당신 마음에 닿을 수 있을까?

온 마음을 뻗어서

당신에게 닿고 싶은 마음이 있다.
마음에 비해 줄 수 있는 게 없어서, 글로 쓴다.
멋없고 가난한 걱정을 굳이 건네고, 책을 낸다.

잠들지 못한 당신의 베개 귀퉁이에 닿고 싶다.
대단한 위로는 못하지만
그저 나도 깨어있다고 말해주고 싶다.
뒤척이는 마음에 간간이 이불을 덮어주고 싶다.

우리가 잘 잤으면 해요.
이 글은 그러기 위해 태어난 글이에요.
문장마다 안부를 심어 놓았어요.
하나씩 집어삼켜요.
악몽 꾸지 않고 평온한 밤을 보냈으면 해요.
그뿐이에요.

잠들지 못한 당신 곁에

아픈 기억은 나에게 주고 잠들어요.

버리는 곳을 알고 있어요.

연애 편지

좋아하는 사람 앞에서 연애 편지를 쓴 적 있다.

우리는 낡은 테이블에 앉아서 각자의 시간을 보내고 있었다. 나는 책을 읽는 척 하면서 그의 움직임을 읽었다. 그는 나에게 어떤 책을 읽고 있었는지 물어봤다. 나는 이 책을 사게 된 이유가, 한 문장 때문이라고 설명했다. 그는 책을 가져가서 그 문장이 있는 단락을 읽기 시작했다. 내가 쓴 글도 아닌데 귀가 뜨거웠다. 누군가 내 마음을 큰 소리로 읽는 기분이었다.

하얀 햇살이 그의 속눈썹에 쌓였다.
문장을 읽어 내려가는 눈짓에 맞춰 햇살 덩어리가 흩날렸다. 그 몸짓에 작은 바람이 일었고, 내 마음이 크게 넘실거렸다. 곧 넘치려고 했다. 머릿속에 비상등이 켜졌다. 충동적인 행동을 할 때 나 타나는 신호였다. 바보 같은 고백이 입술을 간지럽혔다. 결국 펜을 들고 급하게 써 내려갔다.

'좋아해요. 작은 휘파람 소리와… 묵묵한 걸음
걸이도… 무심하지만 섬세한 말투와 이야기 속에
느껴지던 당신의 삶… 전부 좋아해요. 당신은 나
를 다음 계절로 떠나게 해요. 그마저 좋아해요.'

좋아하는 사람 앞에서 연애 편지를 쏟은 적 있다.

이혼 편지

　이모는 편지 3장으로 이혼했다.

　결혼과 이혼이 힘든 이유는 나와 상대방 사이에 타인이 얽혀있기 때문이다. 상대방과 법적으로 묶이는 동시에, 다수의 인생이 섞인다. 이런 변화를 이유로, 결혼하면 제2의 인생이 시작된다고 한다. 이혼한다는 건 제1의 인생으로 돌아갈 수 없어도, 제2의 인생을 끝내겠다는 뜻이다.

　이모는 지금 끝내지 않으면 더 이상의 인생은 의미 없다고 말했다. 이모는 본인이 책임져야 한다고 생각하는 모든 존재에게 최선을 다했다. 마지막 책임까지 마친 후, 외로움과 아픔으로 범벅된 결혼생활을 3장의 편지로 끝냈다.

　이모는 나에게 편지를 보여주면서 자신이 글쓰기에 소질이 있다며 웃었다. 분명히 웃었는데, 편지에 있는 모든 글자가 번져있었다. 눈이 시릴 만큼 선명한 마음이 느껴졌다. 내가 읽고 썼던 어떠한 편지보다, 진솔하고 슬픈 내용이었다.

이모를 볼 때마다 번져 있던 글자가 떠오른다. 제2의 인생을 살아내면서, 견디면서, 화장실에서 숨죽어 울던 이모. 마음이 아프지만, 나는 울지 않는다. 모든 인생에서 아름다웠던 이모의 강인함을 알기 때문이다. 이모는 더욱 행복해져야 한다. 이모의 이혼 편지는, 행복에게 보낸 연애 편지였으니까.

이모의 유리구슬

　　이모 집이 팔렸다. 이혼은 긴 싸움이다. 서류
정리 후에도 부부생활의 잔재를 치워야 하기 때
문이다. 그 남자는 본인이 필요한 물건만 전부 가
지고 나갔다. 이모가 집을 청소하러 갔는데 거실
테이블 유리가 바닥에 박살 나 있었다. 유리 조각
이 무섭게 커서 순간 몸이 굳었다고 했다. 유리는
제대로 부서져서 온 집안에 퍼졌다. 숨을 들이마
시면 가슴이 베이는 듯했다. 이야기를 듣는 내내
유리 조각이 목 안을 비집고 들어왔다. 투명한 이
모 눈빛에서 꺽 꺽 소리가 났다. 이모는 천천히 유
리 조각을 치웠다.

　　'모든 시작은 불안하다. 아무것도 하지 않으면
아무것도 변하지 않는다.'

　　이모의 상태 메시지다. 긴 싸움을 하는 내내 곁
에 걸어놓았다. 유리 조각이 박혀서 수술하게 되

면, 피부를 상처보다 더 크게 찢어야 한다. 미세한 유리 조각까지 전부 없애고 상처를 봉합한다. 흉터가 완전히 사라질 때까지, 세월이 쌓여야 한다. 이모는 유리 조각을 몇십 년 동안 가난한 마음에, 새파란 종아리에, 손가락 주름 사이에 품고 살았다. 유리 조각은 이모 가슴을 휘젓고 다녔다. 어떤 조각은 무의식 깊숙이 숨어 이모를 놓아주지 않았다. 무뎌졌나, 싶으면 약 올리듯 찌르르한 아픔을 보내왔다.

이모는 고장 난 삶을 고치기 위해, 고여있던 상처를 크게 찢었다. 오랜 시간을 들여서 유리 조각이 박힌 부분을 살폈다. 유리 조각이 마음을 찢었던 순간을 회상하며 더 크게, 다채롭게 아파했다. 아픈 순간에도 눈 감지 않고 상처를 마주 보았다. 이모는 더 큰 상처를 받아들이며 구멍 난 마음을 봉합했다. 아무는 동안 세월이 흐르겠지만. 단단

한 피부가 흉터를 비웃듯 부풀어 오를 거다.

　상처가 퍼질까 봐 웅크리고 있던 이모는 겨우 허리를 폈다. 동그란 뒤통수를 본다. 조금 높아졌나, 아니면 원래 높았던가. 눈으로 쓰다듬어 본다. 얼른 봄이 와야 한다. 겨울에는 상처가 아무는 속도가 느리니까. 이모의 봄이 오래 머물렀으면 좋겠다. 내게 올봄을 이모에게 떼어줄 수 있으면 좋겠다. 이모의 새로운 집 앞에 벚나무를 잔뜩 심어 놓을 텐데. 이모 집 앞마당은 아무도 밟지 않은 촉촉한 봄의 대지였으면 좋겠다. 새싹이 올라오고 기어이 꽃을 피워내는, 생명력 풍성한 땅이었으면 좋겠다. 어쩌다 유리 조각이 생겨도, 흙과 봄바람과 봄비가 자꾸 쓰다듬을 수 있도록.

　날카로움은 힘을 잃고 둥글어질 수 있도록. 이모처럼 맑고 투명한 유리구슬이 되도록.

헤어지자

J에게.

우리 헤어지자. 이미 헤어져 있지만, 완벽하게
헤어지자. 헤어진 사람이 있다는 사실조차 잊고
싶어. 당신 기억 속에 나는 착하고 다정했을 거
야. 내가 그렇게 하지 않으면 너는, 누군가를 다
치게 했잖아. 술에 취하면 스스로 어떤 행동을 하
는지 알면서, 당신은 자주 취했잖아. 그런 당신을
사랑하면, 모두가 행복해질 줄 알았어. 아직도 당
신 마음에 내가 남아있다면 꼭 죽여줘. 나도 그럴
게. 그래야 서로 행복해질 수 있으니까. 우리 건
강하자. 그래야 찝찝하지 않게 서로를 잊고 살 수
있잖아. 잘 지내. 진심이야. 당신의 마지막 순간
에 내가 떠오르지 않길 바라.

도망가자

나에게.

상처를 방치하지 마. 치료하지 않는다는 건, 끌어안고 살겠다는 마음인 거야. 상처는 경기가 아니야. 이기고 지는 게 아니야. 싸우려고 하지 마. 피할 수 있을 만큼 피해. 너를 아프게 하는 존재가 가득한 곳에서 버티려고 하지 마. 행복의 뒷모습만 보일 뿐이야. 너는 쫓아가다가 몇 번이고 넘어졌잖아. 떠나게 내버려 둬. 도망가자. 도망친 곳에 낙원은 없지만, 봄은 오니까. 벚꽃이 제일 먼저 피는 나무를 보러 가자. 그 나무 밑에서도 견딜 수 없어지면, 계속 도망가는 거야. 아무도 내 대답을 바라지 않는 곳으로 가자. 사람들은 도망가는 너를 보며, 여행자라고 부를 거야.

to. 나

　누구나 마음속에 편지지를 품고 산다.

　추억 상자를 뒤적거리다 보면, 부치지 못하는 연애 편지가 쌓여 있다. 나에게 상처 준 사람을 저주하는 편지도 있다. 빨간색 글씨로 꾹꾹 눌러 썼던 기억이 난다. 시간이 지나, 선명했던 분노는 이미 옅어졌다. 편지지는 사직서가 되기노 한다. 마음에 품고 살던 사직서가 여행 티켓으로 바뀌기도 한다. 이혼 편지가 새로운 인생을 향한 연애 편지로 바뀌는 것처럼.

　가끔은 나에게 편지를 쓴다. 미래의 나와 과거의 나에게 보내는, 열렬한 위로와 응원이 담겨있다. 번져있는 글자는 낯설지 않다.

to. 당신

  편지가 쌓여 우리 인생은 한 권의 책이 된다.

  찢어버리고 싶은 페이지도 있다. 다음 장으로
넘기지 못하고, 손가락으로 어루만지는 이야기도
있다. 마지막 페이지에 어떤 이야기가 쓰일지는
아무도 모른다. 연애 편지, 이혼 편지도 책의 중
간 페이지일 뿐이다.

  책의 머리말부터 바코드가 찍힌 뒤표지까지,
주인공은 단 한 명뿐이다. 당신의 삶을 써내려 온
작가도 단 한 명뿐이다. 큰 슬픔이 당신의 펜을 빼
앗아 가더라도, 결말은 바꿀 수 없다. 그 누구도
당신의 인생을 함부로 쓸 수 없다.

from. 우리

당신과 나의 인생이 책갈피가 자주 꽂히는 책
이었으면 한다. 애틋한 마음으로 모든 문장을 어
루만지고 싶다. 울고 웃으며, 밤새 읽고 싶다.

당신의 책에는 어떤 이야기가 쓰여 있을까?
슬픔이 글자마다 넘실거려도, 마지막 문장에는
사랑과 강인함으로 마침표를 찍게 될 거다.

내 책 중간 중간에 봄을 심어야겠다.
벚꽃을 말려서 책갈피로 써야겠다.

당신이 내 인생을 읽으면서
울지 않을 수 있도록
글자가 번지지 않도록.

오늘이 마지막 페이지라면

　모든 삶은 죽음으로 끝난다. 죽음은 생각보다 가깝고 주변에 널려있다. 내 삶엔 변수가 많다. 늘 계획하며 살았으나 삶은 보란 듯이 내 계획을 깨버린다. 점심 먹고 카페에 가다가 죽을 수도 있다. 오늘이 내 인생의 마지막 날일 수도 있다는 걸 받아들이지만 자주 까먹는다. 보험 광고를 보거나 주변 사람의 죽음을 목격했을 때. 예상치 못한 사고로 다쳤을 때. 공포가 피부에 와닿으면 내일이 간절해진다. 죽음 앞에 평온하긴 힘들겠지만, 유서를 미리 써야겠다는 생각이 든다. 남겨진 사람들이 너무 슬퍼하지 않도록. 다음 계절을 살아갈 수 있도록.

마지막 편지

to. 나의 그대

마지막 글이라고 생각하니, 쓰고 싶은 이름이 많다. 혼자서도 잘 지내겠다고 악을 쓰며 살았는데, 결국 그대 사랑받으며 살았구나. 사는 내내 혼자 지내려고 노력하겠지? 나는 수많은 밤으로부터 나를 지켜야 하니까. 상처받은 나로 살아야 하니까. 다 태워서 여기저기 흩날리게 해줬으면 좋겠다. 유골을 뿌리는 게 불법인 걸 알지만, 방법이 있을 거다. 제사는 지내지 않았으면 좋겠다. 죽어서까지 누군가에게 마음 쓰게 하는 일 만들고 싶지 않다. 나의 죽음을 슬퍼하는 와중에도, 해야 할 일이 있을 테고 출근해야 할 일터가 있을 텐데.

일 년에 한 번, 같이 먹었던 음식을 먹으면 된다. 꽃을 사서 머리맡에 두면 된다. 꽃과 글은 나를 살게 했으니까. 내가 떠오르는 밤이면, 하늘을 봐주길. 나는 맨날 늦게 잤으니까, 하늘에서도 여전할 거야. 그대를 지켜보고 있을게. 그대가 비는 소원이라면, 꼭 이루어달라고 해볼게. 징징거려볼게. 사는 동안 그대를 사랑해서, 그대가 나를 사랑해줘서 버틸 수 있었다. 그 사랑 덕분에 봄을 맞이할 수 있었다. 그대는 내 인생에 제일 먼저 피는 벚꽃이야. 다음 계절에서 기다리고 있을게. 그대는 내일을 살아. 재밌는 얘기 많이 만들어 와. 올 때 바밤바!

목욕탕 가고 싶을 때 보려고 쓴 글

건조한 살색과 붉은 살색이 넘실댄다. 모두 아
무렇지 않은 표정으로 발가벗었다.

오랜만에 목욕탕에 가면 조금 머쓱하지만 그건
아주 잠시다. 도시에서 우리는 똥배가 티 날까 봐
가방으로 죽자고 기린다. 작은 젖꼭지가 고개를
살짝 들기라도 하면 세상이 시끄러워진다. 겨드
랑이털은 레이저까지 쏘며 멸종시키지만, 목욕탕
에서는 털이 잘 보이도록 몸을 펼친다. 바싹하게
말려야 하거든. 거짓말 같은 솔직한 공간. 창피
함은 불법. 목욕탕에 존재하는 무언의 약속이 사
랑스럽다.

탕에 몸을 띄우고 목욕탕 안을 둘러본다. 사람
마다 고유한 곡선을 가지고 있다. 잡지나 매체에
서 흔히 보이는 매끈한 곡선은 없다. 어떤 자세로
사느냐에 따라 곡선이 만들어진다. 작은 존재를

사랑하면 고개를 자주 숙이게 된다. 그러면 저 할머니처럼 등이 부드럽게 굽어진다. 의자에 앉아 치열하게 살다 보면 하체는 두툼해진다. 우리처럼. 몸은 삶의 환경에 맞게 진화한다. 모든 발전이 건강한 방향이라고 할 순 없지만. 선택이 만든 인생 굴곡은 깎아야 하는 모난 부분이 아니다. 해수탕 안에 떠 있는 다양한 굴곡을 마음에 담아본다. 담겨 있던 내 몸의 굴곡도 쓰다듬어 본다. 예쁜 곡선을 그리느라 고생이 많았다. 몸에 힘을 빼고 일부러 아득해져 본다. 도시에서 쌓아온 때를 불린다. 부정적인 생각은 말랑해지고 아픈 기억은 벌써 뽀얘졌다.

목욕탕 가고 싶을 때 보려고 쓴 글

엄마는 늘 내 의자를 비누로 씻어준다. 때를 밀 때 구석구석 싹싹 밀라며 충고한다. 6살 때도 16살 때도 26살이 되어도 마찬가지다. 내 행동이 미심쩍은 모양이다. 여전한 잔소리가 싫지 않아 몰래 웃는다. 등을 밀어 달라고 하면, 엄마는 등만 밀지 않는다. 어깨와 옆구리도 밀어준다. 역시 내 때밀이가 못 미더운 것이다. 26살 딸의 팔과 옆구리 때를 밀어주는 엄마. 창피해하지도 않고 나는 그 손길을 몸에 새겨본다. 56살이 되어도 이 손길에 웃겠지. 내 등밀이가 끝나면 엄마는 내가 있는 쪽으로 등을 돌린다. 초등학교 고학년이 되고 나서부터 엄마 등을 밀기 시작했다. 더 어릴 때는 숨까지 참으며 온 힘을 다 해도, 엄마가 간지럽다고 웃을 정도였다.

어느 순간 엄마도 느꼈겠지. 등에 닿는 힘이 세지고 손 한 뼘이 길어졌다는 걸. 감동적인 풍경이라고 하기엔 살덩어리와 때가 잔뜩이지만. 아름답지 않은 풍경에서 성장하는 우리는 감동적이다. 오랜만에 엄마의 어깨와 옆구리도 밀어준다. 엄마는 등만 밀라고 한다. 등밀이 말고는 아직도 우스운가 보다. 여전한 잔소리가 반가웠다. 굽은 곡선을 손바닥으로 쓰다듬으니, 코끝이 따가워졌다. 언젠가 이 등도 굽어지고 말라갈 것을 안다.

   슬퍼할 틈도 없이 혼자 목욕탕에 오게 될지도 모른다. 등에 쌓인 슬픔을 털어내지 못해서 굽어질 수도 있겠다. 나는 울지 않을 자신이 없지만, 목욕탕에서는 모두가 붉은 얼굴이니까. 티 나지 않겠지. 때를 밀다가 구석구석 밀라는 잔소리가 떠오르면 어깨를 쓰다듬어야겠다. 옆구리를 감싸고 잠시 호흡을 정리해야겠다. 강하고 다정했던 손길을 떠올리며 때를 밀어야지. 때가 슬픔을 끌어안고 후드득 떨어지도록.

모공 조이는 느낌을 즐기며, 뽀얀 기분으로 나간다. 몸을 한껏 데워 놓아서 한겨울에도 춥지 않다. 목욕탕에 들어가기 전과 다를 거 없는 하루지만. 마음의 준비를 마치고 맞는 찬바람은 무섭지 않다. 이 글은 언젠가 혼자 목욕탕에 가야 할 때 꺼내 보려고 쓴 글이다. 언젠가 이 글을 읽고 슬퍼지면... 그냥 펑펑 울어버려야겠다. 그러고 힘내서 목욕탕에 가야지. 잔뜩 묵은 슬픔을 불려서 밀어버려야지. 여전한 잔소리가 들리지 않아서 눈이 흐려지겠지만. 참아내고 구석구석 슬픔을 털어내자. 숨어있던 아픔도 꺼내서 후드득 떨어지게 하자. 찬바람을 맞으면 살아갈 힘이 생길 거야.

기억해.

너는 6살 때도 16살 때도 26살 때에도, 세상이 쌓은 때를 벗겨주던 사람이 있었어.

손이 닿지 않는 곳까지 거품 칠을 하고 만져주는 사람이 있었어. 가끔은 바나나우유를, 가끔은 요플레를 사주며, 너를 씻기던 사람이 있었어. 기억해. 그 사랑이 피부 겹겹이 쌓여있다는 걸. 쉽게 찢기지 않을 강인한 몸과 마음이 있다는 걸. 영원한 건 세상에 없으니까. 헤어짐도 영원하진 않을 거야. 다시 그 굽은 등을 만지려면, 그 사람 없는 계절도 계속 살아야 해. 펑펑 울고 찬바람을 맞으며, 마음이 시릴 때 어깨와 옆구리를 쓰다듬으며... 그렇게 계절이 돌아오기를 기다리는 거야.

목욕탕 가고 싶을 때 보려고 쓴 글

작가의 말

직접 전할 수 없어서, 고해성사하는 마음으로 몇 문장 더해봅니다. 이 책에 나온 인물들에게 미안하고 고맙다는 인사를 하고싶어요. 이모, 은영이, 상담 선생님, 좋아했던 사람, 엄마와 다른 혈연들 전부.

동의 없이 그들의 인생을 맘대로 써버린 것 같아 마음이 무거워요. 물론 제 삶과 그들의 이야기를 섞어 각색하긴 했지만, 마음의 빚을 졌네요.

제가 그들을 행복하게 해줄 순 없지만요. 작은 응원을 쉼 없이 보냅니다. 사악한 삶과 싸워서 이기기를. 행운이 따르기를.

그저 멀리서 건투를 빕니다.

연정

내일은 내일의 해가 뜨겠지만
오늘밤은 어떡하나요

초판 1쇄   2020년 4월 20일
초판 17쇄를   2024년 8월 31일로 끝낸 후

2판 1쇄   2025년 1월 6일

지은이   연정
표지 및 본문 그림   연정
편집·디자인   희석

펴낸곳   발코니
전자우편   heehee@balconybook.com
인스타그램   @balcony_book
제작처   DSP(www.dsphome.com)

ISBN   979-11-966547-9-5 (03810)
값   10,900원